Louise-M

Le trophée orange

TOME 1 de la série
Les explorateurs du lac Mammouth

Illustrations
Anouk Lacasse

Collection Oiseau-mouche

Oiseau-mouche

Éditions du Phœnix

© 2014 Éditions du Phœnix

Dépôt légal, 2014
Imprimé au Canada

Illustrations : Anouk Lacasse
Graphisme de la couverture : Hélène Meunier
Graphisme de l'intérieur : Hélène Meunier
Révision linguistique : Hélène Bard

Éditions du Phœnix

206, rue Laurier
L'île Bizard (Montréal)
(Québec) Canada H9C 2W9
Tél.: (514) 696-7381   Téléc.: (514) 696-7685
www.editionsduphœnix.com

**Catalogage avant publication de Bibliothèque et
Archives nationales du Québec et Bibliothèque et
Archives Canada**

Sauriol, Louise-Michelle

  Le trophée orange

  (Collection Oiseau-mouche)
  (Série Les explorateurs du lac Mammouth ; 1)
  Pour enfants de 6 ans et plus.

  ISBN 978-2-924253-20-5

  I. Titre. II. Collection : Collection Oiseau-mouche.

**PS8587.A386T762 2014   jC843'.54   C2014-940033-0
PS9587.A386T762 2014**

Conseil des arts Canada Council
du Canada   for the Arts

Nous remercions la SODEC de l'aide accordée à notre programme
de publication. Nous reconnaissons l'aide financière du gouverne-
ment du Canada par l'entremise du Fonds du livre du Canada pour
nos activités d'édition à notre programme de publication.

Nous remercions le Conseil des arts du Canada de son soutien. L'an
dernier, le Conseil a investi 154 millions de dollars pour mettre de l'art
dans la vie des Canadiennes et des Canadiens de tout le pays.

We acknowledge the support of the Canada Council for the Arts,
which last year invested $154 million to bring the arts to Canadians
throughout the country.

Louise-Michelle Sauriol

Le trophée orange

Éditions du Phœnix

De la même auteure chez Phœnix :

Les fiancés de Gdansk
coll. Ado, 2012.

*À tous les jeunes exploratrices
et à tous les jeunes explorateurs*

*En particulier à Sacha, Damien,
Eva, Clara-Maude, Érika, Thierry
et Gabriel.*

*Un merci chaleureux
au personnel du Zoo Ecomuseum
de Sainte-Anne-de-Bellevue
et spécialement à Hélène Caron,
coordonnatrice des programmes éducatifs,
qui m'a fourni de précieux renseignements
sur les rapaces en captivité
et leur alimentation.*

1

Le pari

J'ouvre un œil endormi. À peine sept heures, me dit mon réveil. Des pas rapides résonnent dans le couloir : c'est ma sœur Léa ? Non, voilà maman qui apparaît. Qu'arrive-t-il ?

— Réveille-toi, Timéo ! dit-elle. Il fait trop chaud pour rester en ville. Je vais te conduire au nouveau chalet d'oncle Pilou avec ta petite sœur. Tu te rappelles, n'est-ce pas ? Votre oncle vous y attend. Nous en avons discuté dimanche.

Déçu, je bougonne :

— C'est déjà mercredi, et rien n'avait été confirmé.

Ma mère insiste :

— On annonce une chaleur extrême. Mieux vaut profiter de l'invitation. En plus, tes cousins Gil et Gilane passent le mois d'août au lac. Vous aurez du plaisir ensemble. Prépare tes affaires et viens déjeuner !

— Quand reviendras-tu nous chercher ?

— Dans une semaine. Sept jours de fraîcheur ! Chanceux !

Maman me quitte en coup de vent. Hum… Habiter dans une cabane sans électricité. Patauger dans un lac qui s'appelle *Mammouth*. Rester avec un vieil oncle dinosaure. Je vivrai sûrement sept jours d'ennui mortel !

Comment mes cousins jumeaux font-ils pour endurer un tel supplice ? N'ont-ils rien de plus intéressant à faire ? Ils ont douze ans, après tout. Moi, j'en ai huit, et je raffole des jeux vidéo. Hier, mon copain Steve m'a prêté un nouveau jeu. Je ne pourrai même pas l'emporter. Une vraie catastrophe !

Je me lève en grimaçant. Rien ne presse. Je remplis mon sac à dos et fais ma toilette à pas de tortue.

Quand j'arrive dans la cuisine, il n'y a plus personne. Nos sacs de couchage se trouvent empilés sur une chaise. Ma sœur de six ans vient vers moi, la mine réjouie. Je lui demande :

— Est-ce que nous déjeunons bientôt ?

— J'ai déjà mangé, et maman aussi. Tu arrives trop tard !

— Quoi ?

— Tu es rouge comme un coq, Tim !

— Gloutonne !

— Effronté !

10

Maman surgit au moment où la querelle éclate. Elle pose une main ferme sur mon épaule :

— Je t'ai préparé une tartine de fromage à la crème, Timéo. Un verre de jus d'orange t'attend aussi sur le comptoir. Bois-le vite. Après, tu m'aideras à mettre les bagages dans l'auto.

— Et la tartine ?

— Tu la mangeras en route. Il faut partir, si nous voulons arriver avant midi.

La moutarde me monte au nez.

— Je ne veux pas y aller ! Pourquoi tout bousculer à cause d'un voyage au fond des bois ?

Maman ajoute alors :

— Si tu restes, mon chéri d'amour, tu vas manquer une expérience i-ni-ma-gi-na-ble !

— Pourquoi donc ?

— Des surprises vous attendent là-bas. Ton oncle a plus d'un tour dans son sac. C'est un ancien vétérinaire. Vous allez vivre une semaine fantastique !

— Je parie ma casquette que je m'ennuierai horriblement.

— Pari accepté! réplique ma mère avec le plus large des sourires. Allez, viens!

Je n'ai plus le choix. Hop! Je me lance dans les derniers préparatifs.

2

Frédé, Zorro, et plus…

Je suis coincé dans une trappe avec une sauterelle. La trappe, c'est le siège arrière de l'auto de maman. La sauterelle, c'est ma sœur Léa. Elle n'arrête pas de remuer, même attachée. En plus, elle parle sans arrêt. Je me bouche les oreilles et je m'évade dans mon roman d'aventures. Je ne vois plus le temps filer.

Soudain, un grand tintamarre éclate. Léa applaudit des mains et des pieds tout en criant :

— Youpi ! Nous sommes arrivés !

— Je déteste la campagne : c'est le royaume des maringouins !

— Moi, j'ai hâte d'aller me baigner.

— La baignade, je m'en fiche !

Je reste le nez collé sur mon livre. Peut-être que maman m'oubliera et que je pourrai retourner en ville.

— Salut, Tim ! Es-tu vissé à ton siège ? me demande mon cousin Gil par une fenêtre pour me taquiner. Ta sœur trotte déjà vers le chalet avec Gilane. Nous sommes vraiment contents de vous voir. Descends !

— Un instant, pas de panique…

J'ouvre la portière, j'attrape mon sac à dos et saute par terre. Maman m'embrasse en disant :

— À mercredi prochain, mon Timéo ! Tu ne seras pas déçu, crois-moi.

— Ouais…

— Fais-moi confiance, ajoute ma mère. Tout ira parfaitement bien. Je vais saluer ton oncle au bord de l'eau. Ensuite, je dois retourner en ville. Une grosse journée de travail m'attend.

Maman s'efface dans un sentier. Deux secondes plus tard, un

animal roux se faufile près de mon grand cousin.

— Hé ! Gil, il y a un renard derrière toi !

— Oui, il s'appelle Frédé. Le malheureux s'était cassé une patte. Nous l'avons soigné et, depuis, il n'a plus peur de nous. Il rôde ici et là sur le terrain. Donne-moi ton sac et suis-moi !

Je n'ai jamais vu un renard d'aussi proche. Quelle drôle de petite bête au museau pointu ! J'aurais envie de l'examiner plus longtemps, mais Gil s'élance déjà sur le chemin cahoteux.

Au moment où je commence à courir, une sorte de parapluie noir me survole! Je m'accroupis en vitesse et lance un cri d'alerte :

— Ouille! Un objet volant dangereux!

— N'aie pas peur! crie Gil, qui est déjà plus loin. Je te présente Zorro, le grand corbeau : un copain, lui aussi! Il est venu nous saluer.

— Drôles de salutations!

— Zorro a ses manières. Il ne va plus nous déranger : le voilà posé dans son bouleau préféré. Allez, Tim, dépêche-toi!

Je prends mon élan pour rattraper le cousin. Zorro croasse à plein bec. On dirait qu'il rit de moi, le filou d'oiseau!

Près du chalet, je bute contre une racine d'arbre. Pouf! Je

m'étends de tout mon long. Un miaulement rauque accompagne ma chute. Je lève les yeux et j'aperçois un chat extraordinaire au travers d'un grillage. Mais où suis-je donc tombé ?

Je demande à Gil, interloqué :

— C'est un zoo ici, ou quoi ?

3

Triple choc

Le cousin pouffe de rire.

— Notre oncle n'a pas les moyens de tenir un zoo. En plus, il s'est fracturé la jambe au début de l'été. Nous sommes venus l'aider, ma sœur et moi.

— Je ne savais pas. Et le gros chat en cage ?

— Il s'appelle Chlinx. C'est un jeune lynx, Tim. Nous le gardons captif pour permettre à sa blessure au cou de guérir. Il est doux comme un chaton. Tu pourras même le flatter. Oh! Toi aussi, tu t'es fait mal. Entre dans le chalet, je vais soigner ton genou.

J'ai la peau éraflée, du sang coule, mais je n'ai senti aucune douleur en tombant. Sans doute l'effet de mes curieuses rencontres. Je me relève et pénètre à l'intérieur en sautant sur un pied.

Gil m'invite à m'asseoir sur une chaise et court chercher une trousse de soins.

— Lève ta jambe, dit-il à son retour. Je dois examiner les dégâts.

Le décor du chalet m'intrigue. On dirait que les meubles ont été taillés à la hache. Je n'ai pas le temps d'éclaircir le mystère. Le cousin s'écrie déjà :

— J'ai terminé mon ouvrage ! Ton genou est nettoyé. Il guérira tout seul. À présent, viens au refuge avec moi.

— Quel refuge ?

— Un abri où notre oncle garde les oiseaux et les petites bêtes malades. Il est très habile pour les soigner. Les voisins en profitent. Ils lui apportent tous les blessés qu'ils trouvent. Ma sœur et moi sommes devenus de vrais aides-vétérinaires ! C'est passionnant.

— Ah oui ?

Je viens de comprendre la raison de la présence de Frédé, de Zorro et de Chlinx sur ce terrain. J'ai atterri dans une clinique en plein air ! Gil s'engage dans un nouveau sentier. Il se dirige vers une espèce de grange. Je lui demande :

— Vous enfermez des animaux là-dedans ?

— Mais non ! répond le cousin. Je voulais te montrer l'atelier, l'endroit où nous travaillons le bois. Gilane y a bâti une cabane d'oiseaux. J'ai fabriqué un banc et sculpté un petit ours. Notre oncle a construit beaucoup de meubles.

Voilà donc pourquoi le mobilier est si bizarre dans le chalet ! Je m'exclame :

— Vous travaillez très fort pendant les vacances, dites donc !

— Nous avons du plaisir à manier les outils. Tu pourras essayer, toi aussi.

— Pas tout de suite !

— Qu'est-ce que tu dirais de bâtir un coffre aux trésors, Tim ?

— Non… Enfin, peut-être.

L'idée me plaît, mais je n'ose l'avouer à Gil. Nous dépassons le bâtiment et il m'entraîne sous un abri de toile. Des pépiements et des cris retentissent de partout. On dirait une cour d'école où tout le monde s'énerve !

Ma cousine Gilane vient nous accueillir :

— Salut, les garçons ! Les animaux crient famine. Aidez-moi à les nourrir et à nettoyer les cages.

Comment ? Il faut alimenter ces criards et les décrotter ? J'ai envie de m'enfuir !

Dans un coin du refuge, j'aperçois Léa, assise près d'une cage ouverte. Elle tient un minuscule animal dans ses bras et me salue gaiement :

— Allô, Tim ! Regarde ma belle tortue ! Elle a perdu sa maman. Je la console.

Au moins, ma petite sœur se tient calme. Elle semble se plaire ici.

— Au travail, reprend Gilane. Viens nourrir les oiseaux avec moi, Timéo ! Gil va s'occuper du nettoyage.

Je m'approche d'une cage, inquiet et de mauvaise humeur. J'y découvre une sorte de hibou à bec jaune avec des yeux perçants. Il me fixe sans arrêt. Quel oiseau étrange ! Il commence alors à chanter des wou-wou en série. Je reste sans bouger, mystifié par son chant. Gil m'interpelle :

— Es-tu tombé en amour avec Chouette ?

— Non, mais…

— Il s'agit d'une chouette rayée, m'apprend Gilane. Elle hulule souvent. Ses ailes sont presque guéries et elle a hâte de retrouver sa liberté. Vois-tu comme elle est belle ? Donne-lui un mulot. Elle attend.

Ma cousine me tend deux contenants. Je pose des yeux dégoûtés sur les rongeurs morts, placés à l'intérieur de l'un des pots. L'autre est rempli de grains. J'oubliais que les rapaces mangent de la viande. L'oiseau est redevenu silencieux. Je dépose la nourriture dans sa mangeoire. La chouette continue de me dévisager. On dirait une bête fantastique. Vient-elle d'un pays imaginaire?

4

De surprise en surprise

La voix de ma cousine Gilane me fait sursauter.

— Éloigne-toi de la cage, Timéo ! Tu empêches Chouette de manger. En plus, les autres oiseaux s'impatientent.

Encore stupéfait par ma découverte, je recule de quelques pas.

J'accompagne ensuite ma cousine près d'une autre cage. À l'intérieur, un petit oiseau secoue faiblement son plumage.

— Il me paraît très malade, celui-là, Gilane. On dirait même qu'il a de la fièvre. As-tu remarqué sa tête ?

— C'est un pic à tête rouge ! Ses plumes ont une couleur normale. Mais tu as raison : le pauvre petit se trouve mal en point. Une de ses pattes est infectée. Je vais lui mettre des gouttes dans la gorge. Garnis sa mangeoire, pendant que je lui donne son traitement.

Après avoir servi le pic à tête rouge, un cri aigu, très puissant, s'élève dans le refuge. Kik, kik,

kik! Au secours! Une bête m'attaque! Je saute de côté et, dans ma confusion, j'échappe toute la nourriture par terre.

— N'aie pas peur, me dit Gilane, sans broncher. L'épervier est affamé et il proteste. Nettoie ton dégât et dépêche-toi d'aller le calmer! Je te rejoins bientôt.

— Tu comprends, Tim, c'est un oiseau de proie, lance Gil au travers du vacarme. Il a de l'appétit !

Voilà un autre personnage inquiétant. Après avoir ramassé les graines et les mulots, j'avance vers la cage de l'épervier. J'espère qu'elle est bien fermée !

Cet oiseau brun m'apparaît plutôt petit, mais son bec crochu et ses ailes déployées sont inquiétants. Il s'arrête net de crier quand il aperçoit mon pot bien rempli. Ouf ! Je mets deux mulots directement dans sa cage. L'épervier lance alors une série de kik, kik, kik plus doux.

— Tu vois, Tim, il te dit merci, remarque Gilane.

— Vraiment ?

Je suis impressionné ! J'ignorais que les oiseaux étaient aussi intelligents. Tout à coup, un homme à la barbe rousse entre dans le refuge. Il boite un peu, mais il se tient très droit. Est-ce l'oncle Pilou ?

— Salut, mon oncle Pil ! lancent les cousins d'une seule voix.

Il n'est pas aussi vieux que je le croyais, le frère aîné de papa ! Ses yeux bleus pétillent sous l'ombre de sa casquette de capitaine. Il s'exclame :

— Ah ! Léa et Timéo ! Cela fait longtemps que je vous ai vus ! Je suis presque content de m'être cassé la jambe. Tous mes neveux viennent à ma rescousse !

Il sort un paquet rempli de petits pains fourrés de son sac à dos.

— Tenez, je vous ai apporté une collation. Nous irons chercher notre repas tout à l'heure.

Ma sœur Léa s'élance vers lui.

— Où nous emmèneras-tu ? Au village ?

— Non, ma cocotte, répond notre oncle en l'embrassant sur les deux joues. Le plat principal nage encore dans le lac, et le dessert mûrit dans le champ ! Les garçons viendront à la pêche avec moi. Les filles feront la cueillette des petits fruits.

Aller à la pêche ? J'en rêve depuis si longtemps ! Maman vit seule et n'a pas encore trouvé le temps de m'y emmener. En plus, je n'ai pas d'équipement pour ce sport. J'en avais du chagrin. Heureusement, nous sommes venus voir notre oncle, le capitaine. Je cours vers lui.

— Partons-nous tout de suite ?

Il me serre dans ses bras en disant :

— Pas encore, Timéo. J'ai parlé d'une collation. Attention, tu viens d'échapper ta casquette !

Ma casquette ? Le pari fait à maman me revient à la mémoire. Je suis loin de m'ennuyer, ici ! J'avance de découverte en découverte ! Vais-je perdre mon pari ?

5

La pêche des braves

Après la collation, je me rends au quai avec oncle Pilou. Comme il est vaste, le lac Mammouth! J'en vois à peine l'autre rive.

Notre oncle a préparé la chaloupe ce matin. Les cannes à pêche, les rames et un seau sont déjà rangés à l'intérieur. Une boîte de conserve ouverte attire mon attention. Elle trône sur un piquet du quai, bien en vue. Oncle Pilou me la remet.

— Je te confie cette boîte, Timéo, dit-il. Elle contient nos appâts. Attends-moi, je dois aller chercher les gilets de sauvetage. Gil arrive avec de l'eau potable.

Je regarde à l'intérieur de la boîte : des vers grouillent dans des touffes d'herbe. Ils se tortillent presque dans mes mains. Beurk !

Mon cousin arrive et ricane devant mon air piteux.

— N'aimes-tu pas nos vers de terre ?

— Je les admirais !

— Évidemment ! N'oublie pas qu'un pêcheur doit appâter sa ligne lui-même, Tim. Et le capitaine ne fournit pas de gants !

Par chance, notre oncle revient avec nos gilets. Cela m'évite de répondre ! Je lui remets les appâts, puis j'enfile ma veste épaisse. Oncle Pilou a déjà revêtu la sienne et mon cousin nous imite.

Gil et moi nous installons à bord. Lui s'assoit plutôt en avant ; moi, plutôt en arrière. Je ne me sens pas très en confiance. Mieux vaut rester proche du capitaine à la barbe rousse. Je ne voudrais pas rater ma première expérience de pêche.

Voici notre oncle qui descend à son tour dans la chaloupe. Il dépose la boîte d'appâts au fond du bateau, bien calée contre son sac à dos.

Hum, excellente idée! Ensuite, il détache l'embarcation et l'éloigne du quai à l'aide d'un aviron.

— Allons-y, les braves! lance oncle Pilou d'une voix forte.

Gil rame avec énergie. Nous filons rapidement sur l'eau. Une fois parvenu au milieu de la baie, notre capitaine pose un doigt sur ses lèvres :

— Maintenant, parlons tout bas. Nous ne devons pas effrayer nos futures prises. Puis, il me confie : le lac regorge de poissons, Timéo. Ici, on retrouve surtout des dorés et des crapets-soleils.

— Pourquoi?

— Parce que dans la baie, ce n'est pas creux et ces poissons aiment nager dans peu d'eau. Pour nous, ils constituent un festin ! Tu verras, tu vas te régaler.

— Es-tu sûr que nous en attraperons ?

— Parole de pêcheur ! répond-il en m'adressant un clin d'œil.

Je rigole en silence et surveille l'eau claire. Rien, à part des têtards.

Nous nous dirigeons vers la droite. Après de longues minutes, notre oncle touche le bras de mon cousin :

— Arrête de ramer, Gil, lui murmure-t-il. Je vais jeter l'ancre. Le poisson devrait mordre ici.

C'est le moment d'appâter ma ligne à pêche. J'extrais un ver gluant de la fameuse boîte. Je retiens mon souffle et je finis par l'accrocher à l'hameçon. Ouf !

— Tu y arrives très bien, mon homme ! chuchote oncle Pilou pour me complimenter.

Il m'aide ensuite à lancer ma ligne à l'eau. Mon appât disparaît sous l'onde et la petite bouée flotte. Je me sens très fier. À moi les poissons du lac Mammouth !

6

Le sauvetage

Hélas ! Rien ne bouge dans le lac. Les poissons ont-ils déménagé ? Le temps passe. J'ai des fourmis dans les jambes. Je soupire. Toujours le calme plat.

Après une éternité ou presque, Gil lance enfin :

— Ça mord !

Il tire sa ligne hors de l'eau et un gros poisson frétille au bout.

— Un doré ! fait oncle Pilou sur un ton enjoué. Plutôt dodu, en plus. C'est fantastique, mon Gil !

Le cousin dégage son poisson de l'hameçon et le dépose dans le seau, à demi rempli d'eau. J'observe sa prise, un peu jaloux. Le doré mérite bien son nom : ses écailles, sur les côtés, portent des taches or.

Tout de suite après Gil, notre oncle pêche lui aussi un superbe doré. Un poisson encore plus gros que l'autre ! J'en oublie mon hameçon, immobile depuis si longtemps.

— Attention à ta ligne, Timéo, me dit soudain oncle Pilou. Elle s'enfonce !

J'essaie de lever ma canne à pêche, mais le poisson résiste. Je bondis sur mes pieds pour tirer plus fort. La chaloupe tangue avec moi.

— Tu vas nous faire chavirer ! hurle Gil.

— Donne-moi ta ligne ! ordonne l'oncle.

Trop tard ! Elle me glisse des mains et tombe dans l'eau. Je m'accroupis en vitesse et j'attrape la canne de mes deux mains. Je la serre très fort, mais je perds l'équilibre et bascule avec elle !

— Au secours !

La tête me tourne, mon front touche l'eau, gloup… une bestiole verte semble grimacer sous moi, gloup, gloup… Tout à coup, je me sens tiré dans l'autre sens avec ma canne à pêche ! Quelqu'un m'a saisi par la ceinture, m'a ramené au fond de la chaloupe et me recueille dans ses bras : c'est mon oncle Pilou !

Je tousse rudement et crache de l'eau. Quel choc ! J'en ai le frisson.

— Un vrai champion ! bougonne notre oncle, la figure rougie, les mains tremblantes. Un peu plus et tu t'enfuyais avec ta prise !

M'enfuir d'ici ? Oh non ! Je n'en ai plus envie. Surtout que j'aperçois un beau poisson qui se tortille au bout de ma ligne : une merveille au ventre orange ! Je souris à pleines dents et demande à mon sauveur :

— Quelle sorte de poisson est-ce ?

— Un crapet-soleil. Assieds-toi sur le banc et détends-toi, Timéo. Je vais prendre une photo de toi avec ta première pêche. C'est une prise magnifique !

— J'ai eu peur que tu nous envoies tous à l'eau, se lamente Gil après la séance photo. Bravo, Tim, tu as quand même réussi à garder ton poisson !

Je frémis de plaisir cette fois, et contemple longuement mon crapet-soleil. Comme il brille !

— Il mesure au moins quinze centimètres ! déclare oncle Pilou. Je vais le décrocher et le mettre dans le seau avec les dorés. Imaginez le somptueux repas !

J'étais en train d'oublier que nous allions manger nos poissons.

L'idée m'attriste un peu. Mais l'oncle me rassure :

— Ne t'en fais pas, mon Timéo. Tu ne perdras pas ton crapet-soleil. Je te donnerai la photo en souvenir. Puis, nous retournerons plusieurs fois à la pêche ensemble.

C'est vrai, il me reste encore plusieurs jours de vacances ! Je réplique joyeusement :

— J'en pêcherai peut-être un autre encore plus beau !

— Pourquoi pas ? À présent, cap sur le quai, nous rentrons.

— Parfait ! ajoute Gil. Nous avons eu assez d'émotions comme cela. J'ai l'estomac creux.

— Rame, matelot ! commande le capitaine. Je t'aide avec l'aviron.

7

Le trophée orange

Le trajet de retour semble très court. Pourtant, nous franchissons la même distance que tout à l'heure ! Nous distinguons déjà les filles sur le quai. Elles agitent leurs mains pour nous saluer.

Nous leur répondons par de grands gestes.

— Surtout, ne te lève pas dans la chaloupe, Timéo !

— Jamais, jamais plus, mon oncle Pilou.

J'ai compris le danger que représente le fait de sauter comme un crapaud à bord d'une embarcation. J'ai compris aussi que j'ai causé une grande peur à notre oncle.

À présent, le quai est proche. Gilane crie :

— Hou ! Hou ! La pêche a-t-elle été bonne ?

— Nous rapportons trois magnifiques poissons ! répond Gil. Un vrai régal en perspective !

— Les framboises sont juteuses ! ajoute la voix pointue de ma sœur

54

Léa. Nous en avons cueilli beaucoup !

— Elle a failli toutes les manger ! réplique ma cousine. Mais où
est ta casquette, Timéo ? L'as-tu
perdue ?

Je touche mes cheveux, per-
plexe. Oh ! L'explication est facile
à donner :

— Je me suis trop penché au-
dessus de l'eau, Gilane. La
casquette a dû tomber et s'est
enfoncée. Je ne m'en suis pas
rendu compte, mais… Je l'avais
déjà perdue de toute façon !

— Comment cela ? demande
Gil.

— Ah ! C'est mon secret !

Jamais je ne leur révélerai le pari engagé avec maman. À présent, la semaine me semble trop courte pour toutes les activités à venir! J'ai surtout hâte de retourner à la pêche. Mais il y a aussi les animaux à nourrir, le coffre aux trésors à construire… Puis, j'aimerais bien me baigner dans le lac, même si j'ai prétendu le contraire.

Nous venons d'accoster et oncle Pilou attache solidement la chaloupe au quai. Il se tourne ensuite vers moi.

— J'ai une surprise pour toi, dit-il.

— Qu'est-ce?

Les yeux luisants de plaisir, notre oncle sort une casquette orange de son sac à dos. Il la pose ensuite sur ma tête.

— Voici ton trophée de pêche, Timéo ! Je garde toujours un surplus de casquettes pour mes invités. Celle-là te rappellera ton premier crapet-soleil !

— Merci ! Oh ! Merci, mon oncle Pilou !

Si nous n'étions pas encore dans la chaloupe, je lui sauterais au cou !

— Venez-vous enfin ? lâche ma cousine Gilane. Votre expédition a été longue !

— Et nous avons faim ! ajoute Léa.

— Vous en aurez plein la vue et plein l'estomac ! lance notre capitaine.

Trois minutes plus tard, nous marchons vers le chalet avec notre précieuse pêche. Je suis si heureux que je me mets à siffler. Quelle chance d'être venu au lac Mammouth !

J'ai vécu une journée incroyable chez l'oncle Pilou. Et je suis certain que d'autres découvertes m'attendent encore.

À suivre dans :
Mission chouette

Table des matières

Louise-Michelle Sauriol

Louise-Michelle Sauriol habite l'ouest de l'île de Montréal depuis plusieurs années et a publié une quarantaine de livres pour enfants et adolescents. Orthophoniste de formation, elle adore rencontrer les jeunes et échanger avec eux.

Passionnée d'histoire, de musique et d'art visuel, elle leur concocte des romans, des nouvelles, des contes, souvent à saveur culturelle. Elle a participé à plusieurs tournées à l'extérieur du Québec et adore voyager.

Anouk Lacasse

Fière de mes origines, et passionnée du dessin depuis mes jeunes années, l'idée d'en faire une carrière se précise alors que je commence mon parcours avec de DEC en Arts Plastiques au Cégep de Trois-Rivières. Par la suite, j'ai suivi une formation de 3 ans au Conservatoire d'Art Dramatique de Québec au programme de Scénographie, ce qui m'a amené à me perfectionner, à stimuler ma passion pour la conception de personnages de décors, en plus de me permettre d'approfondir ma compréhension du contexte dans lesquels ils évoluent. J'ai flâné pendant quelques années dans des ateliers de modèles vivants, et j'ai fais du portrait pendant 5 ans sur la rue Ste-Anne dans le Vieux-Québec. Depuis plusieurs années, je n'ai cessé de peaufiner ma technique, à nourrir mon imaginaire et à raffiner ma pensée créatrice.

www.anouklacasse.ca

Achevé d'imprimer
en mars deux mille quatorze, sur les presses
de l'imprimerie Gauvin, Gatineau, Québec